LOCUS

LOCUS

LOCUS

LOCUS

I'm dodolook

2007.02.01.

Just do-do-look

持續從媒體知悉dodolook的發展動向，接到寫序的邀請時知道她要出書了！我從沒見過她，沒和她說過話，而透過網路我和dodolook有了接觸。

2004年10月下旬，im.tv網站的推出國內第一個影音部落格I'mVlog，許多人問我：為什麼不運用在媒體的人脈資源，邀請偶像藝人上傳影音，應可以立即在短期內吸引許多網友的眼球，迅速打開網站知名度？但我之所以以IM為品牌名稱即是希望提供一個個人媒體（INDIVIDUAL MEDIA）平台，讓每一個人都可以透過IM的服務從NOBODY變成SOMEBODY，第一個實踐這個想法的最佳例證就是從vlog迅速竄紅的dodolook。

把自己上傳的dodolook以自己為拍攝主角，帶著強烈的無厘頭式個人風格，亟具創意地設計多元的角色，自編自導自演的主題影片讓每一則影片快速累積瀏覽人次。我們透過dodolook的vlog和這個小女孩有了第一次的接觸，更經由她的豐富的影音作品漸漸瞭解她的思考邏輯、多才多藝，以及她的生活點滴。我們和許多網友一樣，透過網絡與她進行互動，也印證了在網路這個虛擬世界，透過最原始的溝通方式 ──「影音」，可以為人與人之間建立真實的連結，也跨越時空界線拉進了彼此間的距離，讓我們有機會認識dodolook這個遠在加拿大的中國留學生。

媒體從dodolook在vlog的表現給她「網路人氣美少女」或「搞怪美少女」的稱號，她在眾人的期待下也以藝人之姿出道，但我想，dodolook最擅長扮演的角色應還是擁有自然清新特質的自己，期待她能以「I'm what I'm」的態度，堅持做真實的自己。而喜愛她的朋友們也能透過這本新書，看見dodolook的另一面，並像她一樣，just do-do-look（做一做一看），勇於展現自己，把自己上傳！

年代數位媒體董事長　　邱復生

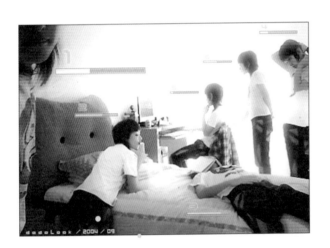

d o d o

o o k

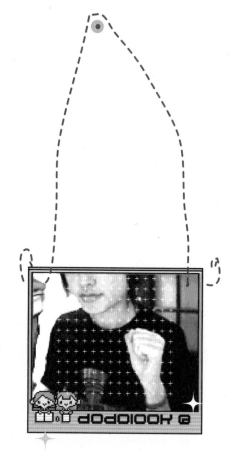

在 我 的 左 手 有

一個愛鬧脾氣的大拇指

一個總是很快樂的食指

一個不停在思考的中指

一個沉默寡言的無名指

一個完全獨立的小拇指

一個聒噪到不行的虎口

一個兔子化成血的掌心

一條還算方向明確的生命線

一條總是疙疙瘩瘩的感情線

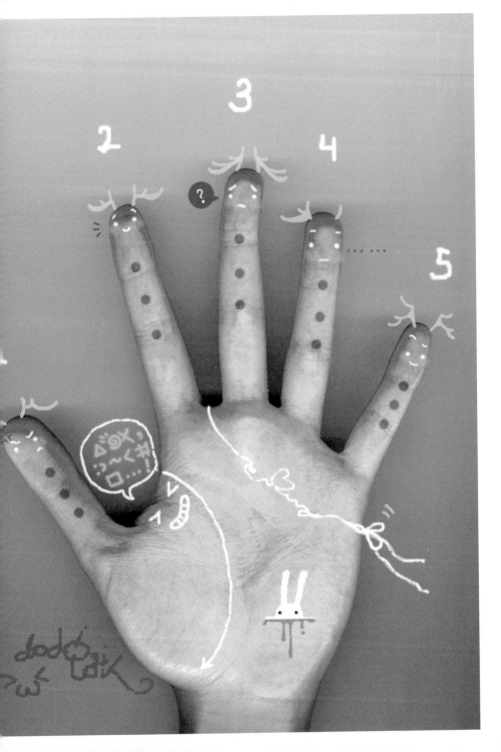

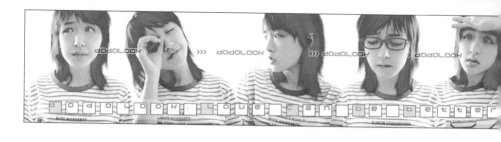

<<< communication
dodoLook
04 5

首蓿 >>>

首蓿 1

>>>

首蓿 2

首蓿 3

dodoLook

o4.5
dodoLook
in the bag >>>

BLOOM >>>

BLOOM 1

BLOOM 2

BLOOM 3

VIVIANN LOOK
dodoLook

SCHOOL-GIRL LOOK
dodoLook

FAIRY LOOK
dodoLook

KITTEN LOOK
dodoLook

2004 AUTUMN
PINKY LONG HAIR SHOW

dodoLook

LITTLE MERMAID LOOK
dodoLook

PINKY RING LOOK
dodoLook

MONOMANIA LOOK
dodoLook

PEONY LOOK
dodoLook

dodoLook
love You

>>> dodoLook <<<

ct dodolook / 2005/ 10 ×

唰那喇Sha la la

無法發出低沉的聲音
唰那喇
無法吞下一整個世界
唰那喇
無法看透別人的內心
唰那喇
至少可以染個粉紅髮
唰那喇
阿布大人～～～喵～～～唰那喇

我是誰？

飛快在階梯上移動的雙腳，要帶我去哪裡？
啊，左轉了，進入了都是橙色燈光的地區。
在紅色地毯前停了下來，怎麼也走不動了。
地毯很長很長，就在視線範圍內的最遠處，
是一面很大的鏡子，隱約照到自己的樣子。

是誰？鏡子照到的是誰？

是誰？站在紅地毯前的是誰？

是誰？我是誰？

手在臉上摸索，在身上摸索，也沒有結果。
只要走到鏡子前，就將可以知道自己是誰。
但是，走不動，一步也走不動，被束縛了。

我是誰？只能站在地毯的這邊這樣想下去。

森林

夜了，睡不著

是森林的話就不會有路的
決心要走進去的話
就要作好丟棄方向感的覺悟
駱駝也好，倉鼠也好，長頸鹿也好
偶爾會來到陽光普照空曠的草坪
偶爾會在走不出滿是陰霾的深處
不曉得自己在什麼地方
也看不到前面的風景
前面？
是森林的話就不會有前後之分的
走吧，駱駝在走
誰說駱駝不可以出現在森林裡面的？
是森林的話就可以容納任何一種動物
走吧，倉鼠也在走
腳步不大卻也勇敢邁出每一步
可能中途就會死亡
死亡？
是森林的話就會有死亡
決心要走進去的話
就要做好失去生命的覺悟
駱駝也好，倉鼠也好，長頸鹿也好
在走進森林的第一步
在離開都市的第一步
生命就已經改變了

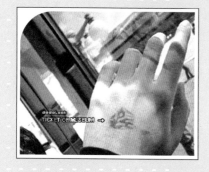

要回家嗎？

當然可以，可是心是回不去的

如果是有一顆野心的動物

是回不去的

要繼續嗎？

當然可以，可是不一定是美好

美好？

是森林的話就不會有美好

美好只在動物們的心裡面

駱駝你要加油

倉鼠你……要怎麼辦呢？

長頸鹿你在哪裡？

森林外面的是都市

森林的外面站了一圈人

逃避

你果然是在逃避吧？
不願聽，
不願看，
不願講，
不願想，
以為就可以這樣忘記。

你果然是在逃避吧？
聽不進，
看不見，
講不聽，
想不通，
以為這樣就可以繼續。

喂！
你！
果然是在逃避吧？
怎樣？
只要你承認自己是在逃避
我就不再問下去。
不然
……

你果然是在逃避吧？
你果然是在逃避吧？
你果然是在逃避吧？
你果然是……

這感覺

像在微波爐裡被加熱後卻忘了拿走的食物一樣
等待中冷卻了

像還剩最後一圈沒有用完就被丟棄的廁紙一樣
不甘中離開了

像一直開到午夜卻突然失去訊號的電視機一樣
不安中迷路了

像被短截筆芯堵住出口寫不出的自動鉛筆一樣
賭氣中接受了

像在出賣了你之後想盡一切辦法要補償你一樣
無力中努力了

20

忘記了

很多很多
以前我以為永遠都不會忘記的事情
現在都想不起來了
他們就這樣消失在了時間點上

感覺自己忘記了
但是到底忘記了什麼呢？
也沒有人可以記起了

直到某一天
聽到擁有同樣記憶並且還記得的人
突然提起
才想起那些以為永遠都不會忘記的

那麼接下來了？
還會再忘記嗎？然後再被提醒？

一直記住不忘也可以
忘記了又想起來也可以
那些經歷過的事情和接觸過的人
那些瀏覽過的風景和體會過的感覺
都是為了今天的自己而存在的土壤
:)

放你在手心

我
放你在手心
不是為了要呵護你
我
放你在手心
只是為了更好掌控你
你
會錯意，從一開始
以為誰在保護你
你
會錯意，從一開始
以為我只在乎你

miss who ?

22

miss w

dodolook

miss who ?

who ?

miss who ?

miss who ?

閉起眼睛都可以清楚體會到的時候，

為什麼還要張開眼睛呢？

張開眼睛卻還是不太明瞭的時候，

為什麼不試著閉起眼睛呢？

miss who。我沒有miss who |||

我是miss who ||

miss who ?

如果是風，那就請你一定要輕輕的

如果是光，那就請你一定要柔柔的

如果是花，那就請你一定要小小的

如果是我，那就請你一定要乖乖的

在工整的隔板上完成工整的功課ing

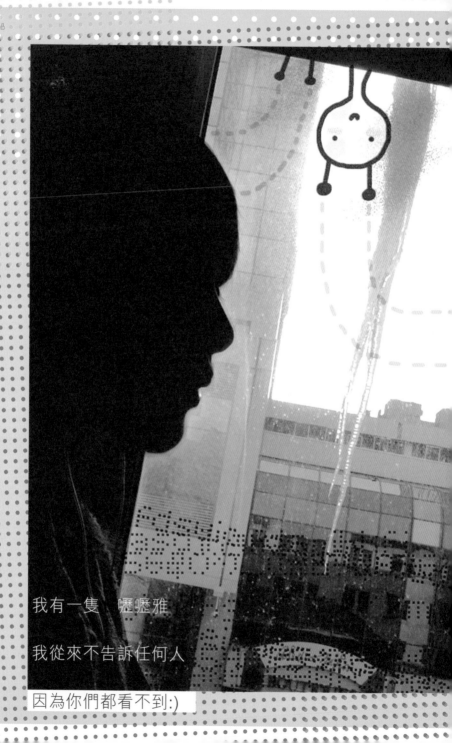

我有一隻　嘰嘰雅

我從來不告訴任何人

因為你們都看不到:)

有一輛過山車
可以跑在世界上任何一個有curve的角落:)
今天，它正好經過我的面前
被我不小心拍到了:)

我高興的時候
影子是紅色的

影子高興的時候
我是什麼色呢？

一旦某種事物太多，你只能凝視它而無法欣賞它。
因此可能在滿天星辰的天空下卻看不到一顆星

dodolook.

生 長 在 這 座 城 市 肚 子 裡 的 我 們

dodolook

拖掉～拖掉～拖掉～

只好去買公車票|||

同盤不同命.

我の→

如果看到這一頁
你剛剛好很無聊
那就根據食物
猜測一下吃食人的
身材比例吧川

「拜託！不要擋住我！」
「人家要看ryo chan啦！」

中國餐廳才會出現的壯觀景象
走過的時候，心裡面默默想說：
「快點，倒下來吧|||」→_→

國外 = 到處都可以有水喝

36

«dodolook.

餐廳

「小姐，請問要點什麼？」

「水，謝謝。」

KTV

「小姐，請問要點什麼？」

「水，謝謝。」

咖啡館

「小姐，請問要點什麼？」

「水，謝謝。」

加油站

「小姐，請問要點什麼？」

「水，謝謝。」

踢飛　=ε=ε=ε=ε=(o- -)o

SK²Y
HIGH

國外＝被大厚雲包圍的地方

<<< dodolook

dodolook 2006/01

snow᠇ snow᠇ snow

hap²y
birthday ♥
to me..

dodoLOOK 2004-2005 for 2005/01/3 dodolook 21 years old

It's snow

2004.12

不是大舌頭，只是大暴牙:)
很喜歡出來曬太陽的大暴牙。

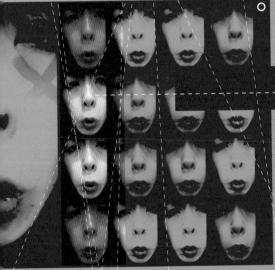

反退化〜（▼▼メ）

XXXXXXXXXXXX
XXXXXXXXXXXX
XXXXXXXXXXXX
XXXXXXXXXXXX
XXXXXXXXXXXX
XXXXXXXXXXXX
XXXXXXXXXXXX

X   X

左臉的右邊是右臉
右臉的左邊是左臉

「小姐，賞臉吃個飯吧？」
「噢。左臉還是右臉呢？」

左臉的左邊是什麼
右臉的右邊是什麼

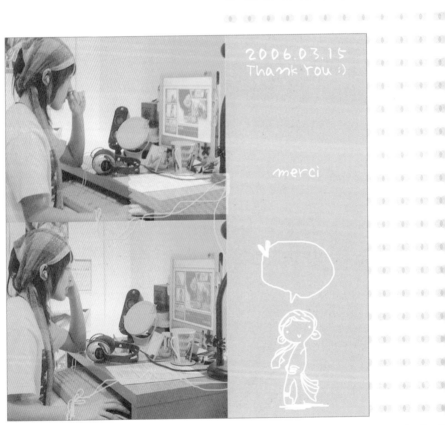

人的身體磁場是個圈，很溫和
在這樣的包圍下 開始變得圓滑

到底，靜電是一直輔佐在人身上的？還是説，在人體接觸特定物品的時候才會產生？
嗯，應該是一直存在的。就像我們，一直存在的。

dodolook

自己的味道，自己的調調。

this is non-dodo

很想單純的為自己畫一幅沒有任何目的的畫。

p.s. 也不曉得什麼時候開始，**p.s.**的人越來越多‖‖

我每天會看到多少像素？

我們又是由多少像素構成的呢？

「我怕沒有一件事情是真實的。這種感覺叫做『存在的焦慮』。

通常只是在邁向獲得新意識的過程中的一個階段而已……」

和排在隊伍前面不是很熟悉的人打招呼，硬聊些有的沒的無聊事情；

承認吧，你根本就是想要插隊，何必搞得那麼辛苦呢？

路過光線不錯反光度很好的玻璃櫥窗，假裝專注在陳列的商品；

承認吧，你根本就是想要照鏡子，何必搞得那麼費神呢？

golo-golo-mo??橡膠流星鎚（虛弱版）散你臉八展‖‖？

到op，想到一個好笑的事情，

就是有一隻快樂的海豚在偉大航道上的海面上跳躍，

當牠跳起來的時候，藍雉正好在練習「冰 河 時 代」‖‖

結果，當這隻海豚再想落入海裡的時候，不可能了。

對……一星期以後，就在冰塊上變成一大塊魚乾了。

哈哈哈哈哈……不好笑啊？拉出去斬了～～～

say somthing 2 some8d now !

口水

←好a！

丰满の巻寿司君

最♡全身過敏の你 :)

From： 魚子戀の dodo2k

萬聖節要到了,

其實,真正**happy**的應該是那些外星人和妖怪。

因為,平時他們走在街上都要辛苦的化妝成人的樣子,

好不容易,等到一年一次的萬聖節,

他們終於可以以自己的真面目出遊了,真讓人高興。

所以說,萬聖節是外星人和妖怪們的狂歡日,

做南瓜的人們只是這場盛大聚會的──幌子|||

但就算被外星人和妖怪笑我們是「幌子」也好,

我們還是要快樂的變裝,快樂的過節,

就算遇到真的外星人和妖怪,也要禮貌的問候:

「萬聖節快樂!」

其實是害怕

被外星人和妖怪知道我們看穿了他們的真面目

而用高科技武器把我們殺死|||

這個還好,最恐怖的是,

那些敲門要糖的小朋友跟錯隊伍了,

然後就直接跟上**UFO**啦|||哈哈哈

生日許願，其實很困難。

一年只有一次的機會，就想說要好好把握給他許個超大的。

可是又怕許的太大，守護天使實現不了，結果白白浪費掉了。

所以，閉上眼睛，頭腦裡面只有矛盾|||真不想睜開眼睛|||

其實，大家的生日許願無非就那幾個吧？哪幾個？阿？

你懂的阿？？哈哈哈

聖誕節～～～

風光的是聖誕老人，

辛苦的是聖誕老人的馴鹿|||

聖誕老人幹嘛不騎駱駝？

或者，狗拉雪橇|||

聖誕老人一定和馴鹿之間有

不可告人的秘密，

知而不能言語的困惑？

Merry Christmas
&
Happy New Year

by dodoLook 2004-2005

Merry Christmas

by dodoLook 2004-2005

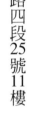

10550

台北市南京東路四段25號11樓

大塊文化出版股份有限公司　收

地址：

縣　　　市

市／區　　鄉／鎮

街　　　　路

段

巷

弄

號

樓

（請寫郵遞區號）

大塊 LOCUS 文化 讀者服務卡

謝謝您購買本書！

如果您願意收到大塊最新書訊及特惠電子報：

— 請直接上大塊網站 **locus**publishing.com 加入會員，免去郵寄的麻煩！

— 如果您不方便上網，請填寫下表，亦可不定期收到大塊書訊及特價優惠
　　請郵寄或傳真 +886-2-2545-3927。

— 如果您已是大塊會員，除了變更會員資料外，即不需回函。

— 讀者服務專線：0800-322220；email: locus@locuspublishing.com

姓名：＿＿＿＿＿＿＿＿＿＿＿＿＿　　性別：□男　□女

出生日期：＿＿＿年＿＿＿月＿＿＿日　　聯絡電話：＿＿＿＿＿＿＿

E-mail：＿＿＿＿＿＿＿＿＿＿＿＿＿＿＿＿＿＿＿＿＿＿＿

您所購買的書名：＿＿＿＿＿＿＿＿＿＿＿＿＿＿＿＿＿＿

從何處得知本書：1.□書店 2.□網路 3.□大塊電子報 4.□報紙 5.□雜誌
　　　　　　　　6.□電視 7.□他人推薦 8.□廣播 9.□其他

您對本書的評價：
(請填代號 1.非常滿意 2.滿意 3.普通 4.不滿意 5.非常不滿意)
書名＿＿＿＿ 內容＿＿＿＿ 封面設計＿＿＿＿ 版面編排＿＿＿＿ 紙張質感＿

對我們的建議：＿＿＿＿＿＿＿＿＿＿＿＿＿＿＿＿＿＿＿＿

＿＿＿＿＿＿＿＿＿＿＿＿＿＿＿＿＿＿＿＿＿＿＿＿＿＿＿

＿＿＿＿＿＿＿＿＿＿＿＿＿＿＿＿＿＿＿＿＿＿＿＿＿＿＿

＿＿＿＿＿＿＿＿＿＿＿＿＿＿＿＿＿＿＿＿＿＿＿＿＿＿＿

walking me

dodoLook·3

dodoLook·2

dodoLook·1

reeding

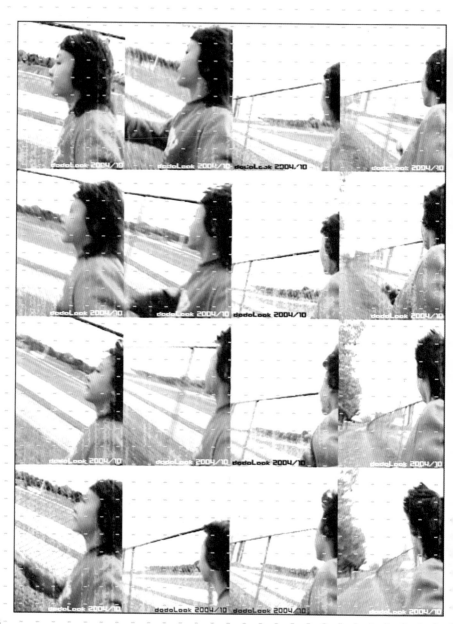

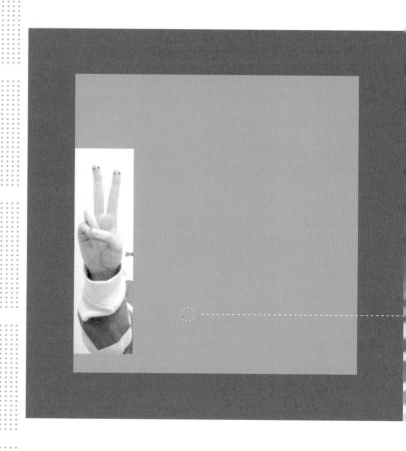

Lucky Green

"That I exist is a perpetual surprise which is life."
（我的存在，對我來說是一個永久的傳奇，這就是生活。──泰戈爾《飛鳥集》）

"I am a mere flower." :)

(泰戈爾《飛鳥集》)

dear, for what do you wait?

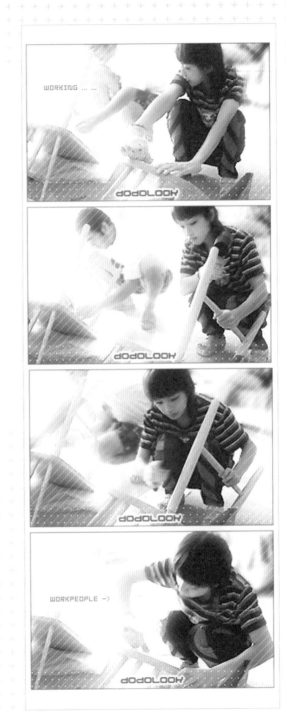

STEP 1: GET READY.

STEP 2: MIX COLORS.

STEP 3: PAINTING.

FINISHED. TEE~TEE~HEE :)

66

You ! Have A ____ Day .

如果下一站不是我要的幸福

那就告訴自己在這一站下車

於是，
就有了光

朵朵的雲是天空的花
花開的時候有它的笑
笑眼中隱約可見的淚
淚落下就幻化成了雨

一片明亮中

你好，我是光

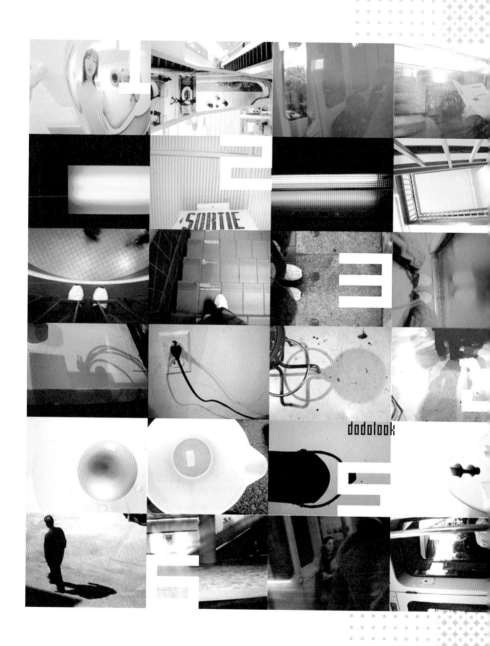

dodolook

〈 Feel My Soul 〉

Running ove
Feel like you
Now you don
Find you shir
Sing it up My
In this world
Everything w
Everything w

已經厭卷不想再哭泣
躲在沒有答案的世界裡
就算迷路也好
被人忽視也好
腳步卻停不了

Remember P
Hiding mysel
Since you ne
Find you cry
Everything d
Everyday by
Sing it up My
In this world
Everything w
Some other d
Everything w
Trying to kee
As I say reaso

閉上眼睛看到你微笑
和為我流的淚滑過嘴角
坦白了你自己
觸動了我的心
傷口在痊愈
I feel my soul
Take me your way
不管白天還是黑夜
不管還會有誰
只想好好去愛一回
"這不是偶然也不是我故意
跟著我自然而然這樣走下去"
You're right all right
You're right all right
Scared litte boy

Find you tur
Sing it up My
In this world
Everything w
Everything w
some other d
Larghing and
Sing it up My
In this world
Everything w
Everything w
Some other d
Some other d
Large lips in
Trying to kee
As I say reaso
Find you tur
Everything d

經歷過數千百次的重來
還是站在這裡沒有離開
眷戀你的聲音
和看我的眼睛
完全被你佔據
I feel my soul
Take me your way
不管現在還是未來
不管一切阻礙
只想在明天不後悔
"不是虛偽也不要懷疑
請和我一起尋找生命的真諦"
You're right all right
You're right all right
Scared litte boy

被你溫柔的字句覆蓋的我
you say it
就算我聽不見也看不見
都沒關係　你會為我開路

I feel my soul
Take me your way
不管是永遠還是短暫
不管我都不想管
只想擁有你全部的愛

>>dodolook 填詞記錄

〈 美少年之戀，無能 〉

在飛機裡，漂浮天際的自己
沒有什麼目的
三萬五千公尺的距離
從天空傳遞到地面的你的心

這次旅行，會飛到哪裡我想
目的地裡沒有你
越是遠離越是清楚的證明
對你已太過沉迷的愛戀

beautiful lover　總讓我想哭泣
你的不專心　是傷害我最深的武器
我也不願意　像這樣　離開你
但是也沒關係　你還會一樣美麗

窗外的雲，格外的安靜
淡淡的就像你
沒有傷心　沒有不安的情緒
是你送給我的最後一個表情

閉上眼睛，停止了呼吸以為
我就可以忘記你
滑過臉頰確是熱熱的淚滴
嘲笑我想要騙自己的動機

beautiful lover　愛你讓我清醒
因為太美麗　連責備你我都不忍心
無謂的觸摸　太小心　沒勇氣
所以要離開你　這結局我已滿意

這飛行降落的話，我會在哪裡
這旅行結束的話，一切都會變化

〈 Hey，my friend！〉

漫長又陰霾的4月的雨季它離開了
I have waited longtime yeah
小小的花朵慢慢盛開

寂寞又冷漠的任性的一個你在那裡
noisy sound out of my head phone
所有一切你視而不見

緊張的眼神裡有很多的不確定和焦急
想脫掉防備的一層層虛偽外衣
走出去

Hey my friend
只想你聽到我的聲音
很簡單　也可以很堅定

Hello my self
就像隱藏的光為了你
很微弱　但也很執著

交錯又複雜的青春的出口它消失了嗎
I lose my way without you
小小的夢想慢慢不見

疲憊又膽小的自己的一顆心
No, I don't know where my heart is
破碎在黑夜獨自哭泣

莫名的現實中還堅持自己的夢不放鬆
每次快覺得不行就請大聲哭泣
走下去

Hey my friend
只想要聽到你的聲音
很篤定也可以很乾淨

Baby I think
就像塑膠的花為了你
很美麗　但也很專心

透明又藍色的天空在哪裡呢
Where are you babe?
I lose my way without you
有一個聲音告訴自己
晴朗的天空裡偶爾也會有烏雲
我和你
一場大雨過後天空一定會放晴
請相信

✿ STAND CLEAR OF ME

76

城市森林裡面
有些東西正在蔓延

在交織的影子中
在穿梭的動作中
在零落的聲響中
在看不清的每個定格中

森林城市裡面
有些東西正在消失

走入繁花盛開的森林
dodolook :)

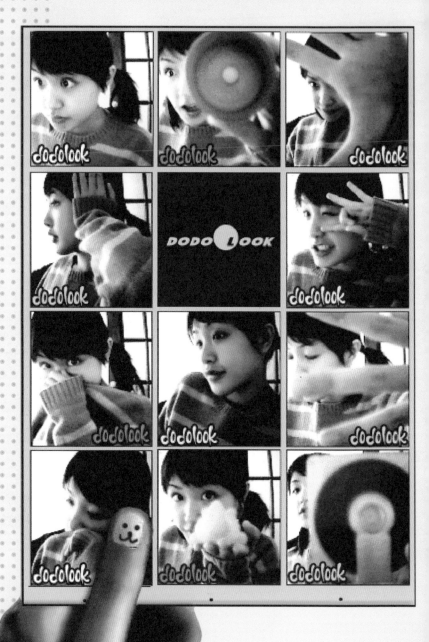

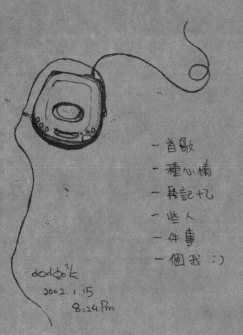

一首歌
一種心情
一段記憶
一些人
一件事
一個我 :)

dodo²k
2002.1.15
8:24 Pm

周圍的空氣在分裂，把自己縮到長頸瓶裡，寄給你

2002.2.27

dodo²k

。

把地拉開一條縫，在裡面休息的午後。

dodo zk
2002.2.

沒有旅行，沒有郊游，
　　　沒有電動，沒有籃球，
只要坐在一起就很開心。

dodo zk
2002.03.10

Don't analyse
Don't analyse

Don't Live that way
Don't go that way

That would paralyze
Your evolution

. . . .

dodook.
2002. 3. 11

其實，習慣兩個3我。

dodook
2002. 3. 29

我是

經過精煉、不含磷、硫等雜質の鐵，
含碳量低于2%，比熟鐵更堅硬，更富有彈性，
是工業上極重要の原料

gāng ㄍㄤ
鋼

上的一個MM分子。

我流下了堅硬の淚......

dodook.
2002. 3. 21

把湯匙當做碗，

一半の飯，一半の菜，一半の肉，

一口吃掉:) 好幸福5

可是，還是有人討厭這樣 |||

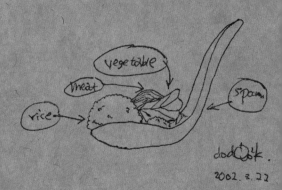

dodook.
2002. 2. 22

像顆植物般生活
只要陽光，空氣，水

dod心o²k.
2002.3.25

dod心ok. 2002.3.22

在擁擠の世界，我慢慢地把眼睛瞇一條線……

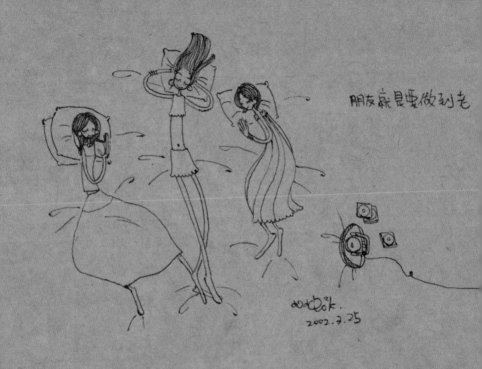

朋友就是要做到老

notebook.
2002.7.25

在沒有王子公主の世界裡，總有人還在努力吧去嚕。

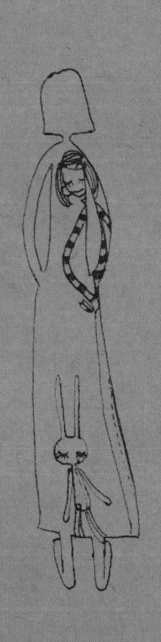

選出一隻你覺得最特別的。

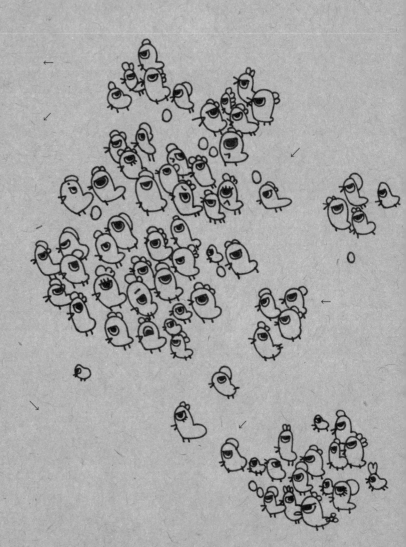

小時候的構圖法。

全部都有眼睛嘴巴の畫 |||

小時候太陽的畫法

小時候雲朵的畫法

小時候有段時間沉迷於給所有畫面上的東西都加上眼睛嘴巴的行為 |||

小時候最喜歡畫的「美姑娘」|||
一定要的搭配：

1. 兩邊梳辮子，中間戴皇冠 |||

2. 明明古裝頭，一定穿高跟鞋 |||

3. 為了表現在戶外，手中的氣球不能少 |||

兔子的尾巴

「兔子的尾巴為什麼那麼短呢？」
小時候，都有過這樣的疑問吧？|||到底是為什麼呢？
最近突然又想到了這個問題，於是就隨手畫了出來。

嗯，兔子果然還是短尾巴比較可愛阿 :)

一些能讓dodolook馬上感到無力的事情。

嘿嘿!!
一點都不怕~~

大膽的小鬼

dodolook小時候，7、8歲那麼小的時候，可是膽子很大的～～～
敢養蠶寶寶，而且還放牠們在自己的臉上爬川
還有，敢徒手抓蚯蚓和螞蟻。現在的dodolook完全不敢了川
不曉得為什麼，好像人越長大就越膽小越怕死，
而且，童年的螞蟻也跟著自己越長越大，有同感嗎？
現在的螞蟻都好大好黑一隻，而且，還，會，咬，人！
牠們真的還是螞蟻嗎？

小動物

dodolook小時候，一直到前不久，都還在養一些小動物，
雖然，每次都養得不久就死掉了，但是，也不曉得為什麼
還是會一直養，一直想養。面對小動物死去的經歷，dodolook
說不定比同齡人都要多呢，嗯，記下來，
又一個特點。蛤？

吃西瓜.....1

對於西瓜的熱衷是從來沒有熄滅過的，
「吃西瓜，就一定要吃冰過的！」
這也是dodolook人生堅持裡面的一點：）

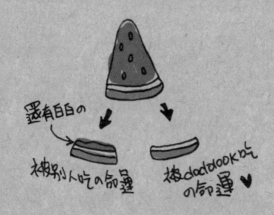

還有白白の

被別人吃の命運   被dodolook吃
の命運♥

吃西瓜.....2

dodolook小的時候，是會努力把西瓜最後白色的瓜肉部分也吃掉的小孩。
嗯，在小dodolook吃過的西瓜皮上，是絕對找不到紅色的部分的。
其實白色的瓜肉也是很好吃的，因為靠近皮，所以有一種皮的味道呢：）

吃西瓜.....3

到現在也是，一定會把每一顆西瓜籽都完整吐出來的dodolook。
「如果吃掉西瓜籽，就會在晚上睡覺的時候從肚臍眼長出西瓜籐結個大西瓜。」
這個「傳說」，小的時候都有聽過吧？哈哈～～～使用率僅次於

「有一天媽媽走過一個垃圾場聽到裡面有小孩哭的聲音，就把你撿回來了。」

那時候，就是莫名的恐慌，其實也沒有仔細想過「肚臍眼長出西瓜籐」的具體細節，
只是覺得肚子變成那個樣子一定很奇怪||| 所以，就產生了莫名的恐慌。
不過現在想來的話，「肚臍眼長出西瓜籐」，那麼一早起來自己就會被吸乾血了吧？
因為成長是需要充足的養料的。
嗯，還有，在想辦法除掉「肚臍眼長出西瓜籐」的時候，
千萬不能用拔的，因為……因為，這樣會連肚子裡面的腸子一起拔出來吧……

對不起，對不起，說了很恐怖的東西|||

好吧，dodolook就來說個鬼故事舒緩一下緊張氣氛吧。

「很ㄅ很ㄅ以前，有一個鬼，有一天……他死了|||」

完。

O型腿

沒錯‖ dodolook小的時候是O型腿，
但是對於自己那個時候的樣子現在已經完全沒有印象了。
來自大人們的形容就是：「跑起步來的時候，好醜～～～好醜。」
還真是殘忍阿，天使的面孔＋異性的身材，哈哈。（圖...2）

大人說（又是‖ 童年的很多事情，其實很多都是聽「大人說」。）
每天帶去中醫推拿了2年，才終於治好了。
阿（短音），dodolook其實只記得，有一段時間，晚上睡覺的時候，
媽媽都會用四片長竹板分別夾住我的左右腳，是想做夜間的強硬矯正吧？
但是如果那個時候媽媽再順便多加幾個沙袋一起綁在上面的話，
嗯～～～說不定，現在的dodolook已經練成了「輕功草上飛」了。（圖...3）

白天的時候，就會穿上反鞋子（左腳穿右腳的鞋子，右腳穿左腳的鞋子）。（圖...1）
後來去學習舞蹈，一開始也是以為了矯正O型腿而開始的。:)
「也就是說，歪打正著？」

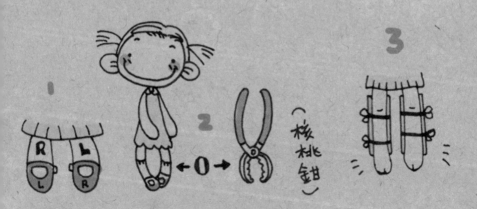

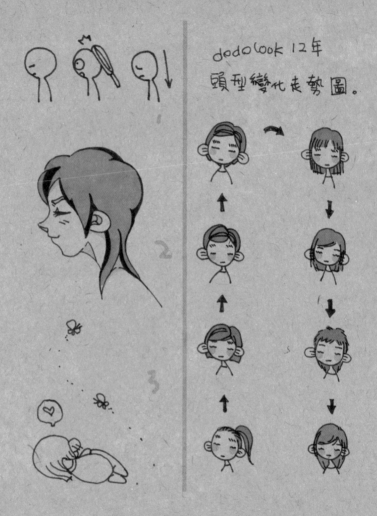

扁頭

小的時候，一定被誰用平底鍋敲過頭吧我？不然怎麼會，那，麼，扁！
「是誰！是誰！快給我出來！我已經看到你了！」（圖...1）

dream hair＝前蓋後蓬 （蓋＝劉海蓋額頭，蓬＝後面蓬起來）（圖...2）

「總有一天，我會實現我的dream hair，總有一天……」（圖...3）

which side is truer?

dodolook

找不到出口的青春？
還是根本就**不想走**？

<<dodolook

在角落，關起嘴巴
就讓你們在我面前表演看不懂的戲碼‖

light is near, is everywhere...

<<dodolook

puppy 帶我去散步:)

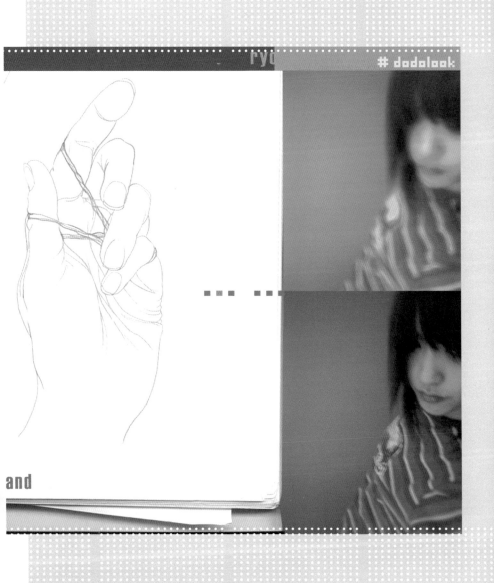

«dodolook.

還想說些什麼呢？

還能說些什麼呢？

還要說些什麼呢？

還是說些什麼吧……

「小心地滑」

<<<< a oriental girl

一朵朵的雲是天空城堡裡一朵朵的花，

可以和我分享一朵朵倔強綻放的花嗎？

隔這厚的玻璃我也就只能靜靜地看著你。

想站在飛機翅膀上和你們在一個世界裡。

dodoid

rodolpop

THE VERY MONMENT IS COMMING ！！！

朋 友

是朋友，我們，一直以來，第十年的朋友。

一個長髮，一個短髮，一個中長髮。
一個在美國，一個在中國，一個在加拿大。

從來沒有吵過架，也沒有鬧過不和，
也許是因為後來的我們都不常見面，
但是心裡面還是把彼此當成是好朋友般的存在。

我想，我們是可以不管再隔多久沒有見面，
一見面的時候可以在前五句話的時間內就找回感覺的。
是的，我可是有這樣的自信呢，哈哈哈:)

乾杯～～～為我們做為好朋友的第十個的年頭，乾杯！

再十年以後的我們，會變成什麼樣子呢？我不知道。
還有好多我計劃中的事情沒有和你們一起去做呢，
但是已經不重要了，不是嗎？
下次見面的時候，
可以和你們分享這一段不見的時間裡彼此的經歷和感受，
不是更棒嗎？

乾杯～～～為中山女籃5霸～～～乾杯～～～哈哈哈（爆）

什麼時候，我們也來個「不醉不歸」啊？

臭臭的～～～

去看了野生動物園的大象表演！

在離show場蠻遠的地方就聞到了很特殊的臭味|||
所以說，我們是順著氣味找到show場的話，也對。

「厚～～～越來越臭了，一定就在這附近了。」

整個表演，當然，就是在這種氣味中進行的。
大象們真的好可愛，而且都好聽話，好懂事，
被牠們吸引了，所以就暫時忘掉了呼吸的困擾。

最近在整理檔案的時候找到了這張照片。
從照片已經完全回想不起大象先生們表演了什麼，
但是，那種特殊的臭味，悶悶陪伴了我們整個下午的臭味
仿佛又從照片裡隱隱的飄散出來，飄散出來～～～

「啊～～～好臭阿！！！」

以上，就是看到這張照片唯一正確傳達出來的訊息。

What happens when Paradise is Lost?

Kelsea of Long Beach, dodoLOOK told us!...

Let me
have it gladly 2 Lose my all

doodorook

image temporal

光心人食意存愛夢光心人食意存愛夢光心人食意存愛夢光心人食意存愛夢光心人食意存
心人食意存愛夢光心人食意存愛夢光心人食意存愛夢光心人食意存愛夢光心人食意存愛
人食意存愛夢光心人食意存愛夢光心人食意存愛夢光心人食意存愛夢光心人食意存愛夢
食意存愛夢光心人食意存愛夢光心人食意存愛夢光心人食意存愛夢光心人食意存愛夢光
意存愛夢光心人食意存愛夢光心人食意存愛夢光心人食意存愛夢光心人食意存愛夢光心
存愛夢光心人食意存愛夢光心人食意存愛夢光心人食意存愛夢光心人食意存愛夢光心人
愛夢光心人食意存愛夢光心人食意存愛夢光心人食意存愛夢光心人食意存愛夢光心人食
夢光心人食意存愛夢光心人食意存愛夢光心人食意存愛夢光心人食意存愛夢光心人食意
光心人食意存愛夢光心人食意存愛夢光心人食意存愛夢光心人食意存愛夢光心人食意存
心人食意存愛夢光心人食意存愛夢光心人食意存愛夢光心人食意存愛夢光心人食意存愛
人食意存愛夢光心人食意存愛夢光心人食意存愛夢光心人食意存愛夢光心人食意存愛夢
食意存愛夢光心人食意存愛夢光心人食意存愛夢光心人食意存愛夢光心人食意存愛夢光
意存愛夢光心人食意存愛夢光心人食意存愛夢光心人食意存愛夢光心人食意存愛夢光心
存愛夢光心人食意存愛夢光心人食意存愛夢光心人食意存愛夢光心人食意存愛夢光心人
愛夢光心人食意存愛夢光心人食意存愛夢光心人食意存愛夢光心人食意存愛夢光心人食
夢光心人食意存愛夢光心人食意存愛夢光心人食意存愛夢光心人食意存愛夢光心人食意
光心人食意存愛夢光心人食意存愛夢光心人食意存愛夢光心人食意存愛夢光心人食意存
心人食意存愛夢光心人食意存愛夢光心人食意存愛夢光心人食意存愛夢光心人食意存愛
人食意存愛夢光心人食意存愛夢光心人食意存愛夢光心人食意存愛夢光心人食意存愛夢
食意存愛夢光心人食意存愛夢光心人食意存愛夢光心人食意存愛夢光心人食意存愛夢光
意存愛夢光心人食意存愛夢光心人食意存愛夢光心人食意存愛夢光心人食意存愛夢光心
存愛夢光心人食意存愛夢光心人食意存愛夢光心人食意存愛夢光心人食意存愛夢光心人
愛夢光心人食意存愛夢光心人食意存愛夢光心人食意存愛夢光心人食意存愛夢光心人食
夢光心人食意存愛夢光心人食意存愛夢光心人食意存愛夢光心人食意存愛夢光心人食意
光心人食意存愛夢光心人食意存愛夢光心人食意存愛夢光心人食意存愛夢光心人食意存
心人食意存愛夢光心人食意存愛夢光心人食意存愛夢光心人食意存愛夢光心人食意存愛
人食意存愛夢光心人食意存愛夢光心人食意存愛夢光心人食意存愛夢光心人食意存愛夢
食意存愛夢光心人食意存愛夢光心人食意存愛夢光心人食意存愛夢光心人食意存愛夢光
意存愛夢光心人食意存愛夢光心人食意存愛夢光心人食意存愛夢光心人食意存愛夢光心
存愛夢光心人食意存愛夢光心人食意存愛夢光心人食意存愛夢光心人食意存愛夢光心人
愛夢光心人食意存愛夢光心人食意存愛夢光心人食意存愛夢光心人食意存愛夢光心人食
夢光心人食意存愛夢光心人食意存愛夢光心人食意存愛夢光心人食意存愛夢光心人食意
光心人食意存愛夢光心人食意存愛夢光心人食意存愛夢光心人食意存愛夢光心人食意存
心人食意存愛夢光心人食意存愛夢光心人食意存愛夢光心人食意存愛夢光心人食意存愛
人食意存愛夢光心人食意存愛夢光心人食意存愛夢光心人食意存愛夢光心人食意存愛夢
食意存愛夢光心人食意存愛夢光心人食意存愛夢光心人食意存愛夢光心人食意存愛夢光
意存愛夢光心人食意存愛夢光心人食意存愛夢光心人食意存愛夢光心人食意存愛夢光心
存愛夢光心人食意存愛夢光心人食意存愛夢光心人食意存愛夢光心人食意存愛夢光心

hungercure

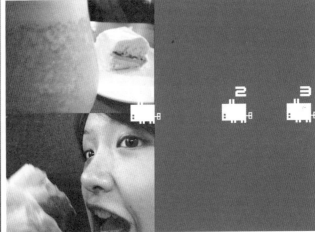

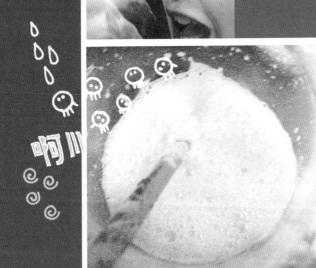

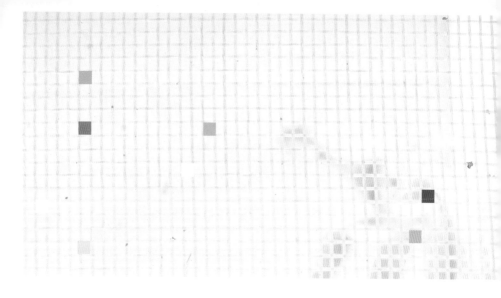

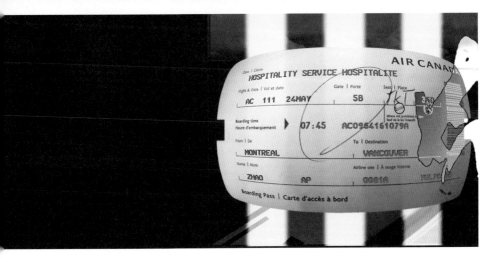

「為什麼天空是藍色的？」

……今天終於在《100000個為什麼》裡面找到了答案:)

地球表面包圍著一層空氣。空氣中含有許多微小的塵埃、冰晶、水滴等。
當太陽光通過空氣時，波長較短的紫，藍，靛等色光，
很容易被懸浮在空氣中的微粒向四面八方散射開來，使天空呈現蔚藍色。

原來，很多「理所應當」的事情，真的問到為什麼的時候，也真不簡單:)

其實很多問題，都是由最初一個問題本身引發出更多其他的問題出來。
這也是人類的特長吧，可以為是探索，發現，也可以說是無謂，自找麻煩。
就比如，「為什麼天空是藍色的？」接下來就引發：
地球表面的那一層空氣是怎麼形成的？
它以後準備走什麼路線？
空氣中含有的那些水滴有多大？
它們的狀態如何？
陽光為什麼可以通過空氣？
為什麼藍色被歸屬於冷色？
空氣中可以把色光散射開來的微粒使用的是什麼招數？

……100000個為什麼……還不夠用啊|||

二零零ryo夏天最後一天的天空

水紋午後的安靜

也會有悲傷，

也會有難過。

不是為你，

也不是為我。

如果可以輕易就為此找到理由的話，

希望是一個所有人都可以接受的說辭。

如果你也沒有辦法找到這樣的說辭，

就請不要打亂我現在存在的方式。

也會有悲傷，

也會有難過。

不是為你，

也不是為我。

● 蜂

fēng ㄈㄥˉ

【申集中】【虫字部】

蜂 ·康熙筆画：13 ·部外筆画：7

◎ 昆虫，会飞，多有毒刺，能蜇人。

城市動物園

會 在 細 節 裡 發 現 美 麗 的 人 就 比 較 容 易 接 近 幸 福 :)

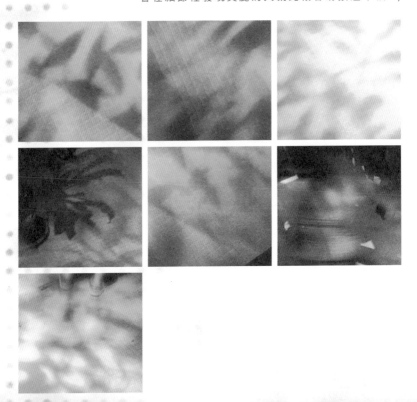

dodoloo

「**報告**！我們已經成功佔領藍星拉！」

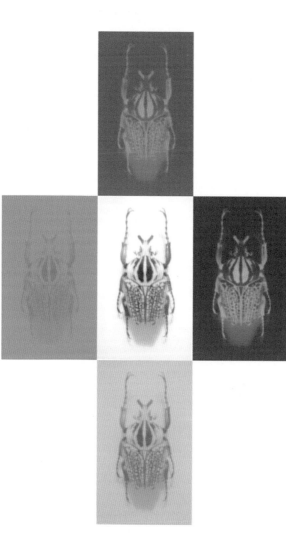

dodolook :)

roaks

這段時間你可以叫我「溫溫」或者「吞吞」

溫溫吞吞，溫溫吞吞，溫溫吞吞……

頭髮也是「溫溫吞吞」
胃口也是「溫溫吞吞」
語音也是「溫溫吞吞」
天氣也是「溫溫吞吞」

不過，還是有好事情發生 :)
今天買了後面出的全部 op dvd
晚上就可以慢慢看咯～～～～～～萬歲！

叫「萬歲」，感覺好像很老了～～～|||

我 真 的 沒 有 力 氣 了 |||
也 不 曉 得 要 做 什 麼 |||

今 天 整 理 東 西 的 時 候 ，
發 現 收 集 的 pepsi 瓶 都 不 見 了 。
鼓 起 勇 氣 打 電 話 問 爺 爺 之 前 ，
設 想 了 很 多 回 答 ：
「 在 頂 樓 」
「 在 客 房 的 床 下 」
「 在 廚 房 的 碗 櫃 上 面 」
……
結 果 ， 終 於 還 是 聽 到 了 最 不 要 聽 到 的 ——
「 當 回 收 品 賣 給 收 垃 圾 的 了 。 」

是怎樣阿現在？
也就是説五年來的心血就這樣沒有啦？
除了一張ps過的圖片，什麼都沒有拉？

發呆……

睡了一覺，和爸爸媽媽爺爺奶奶喝早茶，
乘nikonikodo的八周年店慶期買東西，回家，
看碟，打電話給kent，吃晚飯，上網……

找出以前ps過的那張pepsi展示圖，仔細地看了一遍。
……「裡面的我真的都曾經有過」的自我安慰。

打算，過幾天把髮尾的內側染成藍色，就當紀念吧。

還好！今年國內的pepsi藍色風暴的包裝都恢復原味包裝，
沒有了人頭像，可能，也許這也是老天給我的暗示吧。

還好！還有一個back-up的選擇──小方巾，
以後，就榮升為本尊的第一收藏品|||這個總不會當垃圾丟了吧。
搞不好，會被拿去洗碗||| 不要吧～～～

願眾仙家，收藏道路上一帆風順。

是啊，「這個世界有太多讓人厭惡的因素」。
而人總是很容易就被這些負面因素影響。

我也曾經被別人無謂的評論左右自己想法。
我也曾經膽小的不敢去表達出自己的感情。
我也曾經因為自私的作祟而向朋友說了謊。

可是經過了那麼多年，我還是我，
雖然，偶爾不盡人意，偶爾讓自己討厭。
但是，這些都是我成長的印記。

我不拒絕長大，但也不希望變成大人。
我只是想一直，一直像現在這樣不斷地吸收、成長。

明天我會開出怎樣的花朵？結出怎樣的果實呢？
我不知道。
也許就像Jack and the Beanstalk裡面的那顆豌豆籐，
"The bean fall in their garden. During that night is sprouted and grew in
a wonderful way."

對！就這樣，拼了命地去成長吧:)

話說回來，這麼熱的天氣，真是適合成長阿。

夢到在看一張很大的「眼睛形象與面相」的示意圖。
裡面有很多很多不同的眼睛形狀和相對的命理知識。
找啊，找啊，找啊，終於～～～找到了自己的那一款，
旁邊只寫有2個字 → 慧根 ‖‖ tee-hee-hee

「蛾眉聳參天
　豐頰滿光華
　氣宇非凡是慧根
　唐朝女皇武則天」

關於「慧根」就想到這個，這可是保留曲目阿，哈哈哈

其實眼睛形狀的形狀、大小，
根本就取決於你臉上的那兩個洞也就是眼眶的大小阿。
因為眼球是不變的，鑲嵌在腦殼裡面。
你的兩個洞開口越大，露出來的眼球越多，眼睛就越大咯。

眼球的大小，是一生下來就是固定大小了？還是會長大阿？

流動的霜淇淋車？不會有搞頭的。
要做，就做流動章魚全燒，或者火鍋|||

把鮮活大章魚撐開來，做後車廂的車蓬，
然後下面生一團火給它當場燒烤|||
等一下！
這樣汽車會不會飛起來啊？孔明燈？
對，變成Luffy從空島下來的橋段，哈哈:)

dc怎麼固定阿？
就把它拋起來，然後說：「定！」
它就定在空中啦～～～哈哈哈。

古代兵器真的存在嗎？真的那麼厲害嗎？
op裡面有説，sonic裡面竟然也有|||
人類之前會有多發達阿？

其實，現在的外星人該不會
都是很久以前移民到其他星球的的地球人吧？
那我們不就是最雛形？

- -

有手機畢竟還是方便一點，雖然它有輻射。
lumpy-dee-dee-teee!
話説回來，lumpy真的很靈活，又可愛:)

溫書的時候看到一段文字，顛覆阿～～～|||

the genes are acting primarily for their own survival while using the body as simply an indirect and temporary way to preserve themselves.

也就是説，我們這些mankind原來都是由這些可惡的小東西組成的咯|||
也就是説，人類的自私在從最初開始就是發自基因的存在咯|||
《Ch 8　B. Selfish Genes and Altruism》

不過這也證明了，biological adaptations真的有發揮功效。
善良的人的出現，和好心人的存在，就是自我改造的成果阿:)

鐳射矯視，我都想過阿

本來去年要做，但是又突然害怕|||
「如果做不好怎麼辦！」
人很奇怪，面對讓自己膽怯的事情，
總是會想到如果結果不好怎麼辦的那一邊去。

我也不想發生「他的瞳孔不見了」的事件，哈哈哈
A君去做鐳射矯視，結果進去好久，醫生突然衝出來告訴媽媽：
「完了，完了，你兒子的瞳孔不見了！！！」

原來是因為A君太緊張，導致瞳孔緊縮，無法手術|||

哈哈哈哈哈～～～×10，太好笑了！

笑p阿，搞不好以後我也會「他的瞳孔不見了」|||
不曉得kenny會不會也來「他的瞳孔不見了」？tee-hee-hee

p.s. 有鼻科病的人唱歌都很特別:)

我喜歡買東西，以前
其實我喜歡的是拆開包裝的感覺，以前
拆包裝真是讓人興奮的事情:)

「坐車的時候，把Lorna放進CD player裡
叮咚緩歇溫柔徹響的歌曲讓我暫停手中的書
把眼睛望向隔著玻璃外的遠方
彷彿這樣的歌就適合
風景以每個樂音流逝的方式流逝
然後再也不會回來」

嗯。

我喜歡坐車，現在
其實我喜歡的是看窗外的風景和聽CD player裡的聲音，現在
全宇宙安靜的只有我、風景和音樂:)

I'm gonna tell you something good about yourself
I'll say it now and I'll never say it about no one else
about no one else :)

原來，外國人對羽球都不熟，特別是女生:)

準備發球－緊張
開始發球－搞笑
發球失敗－可愛

特別是胖胖的她，
發球失敗以後類似抓狂，
氣自己不爭氣，外加蘭花指的顫抖。
" oh, I just can't do that. "的碎碎念。

還蠻好玩的。

不好玩的是，根本無法持續地對打|||

這個時候，又開始期待高手的出現。

「一個心懷色彩的人
　不安於人群
　不安於世
　就像蝴蝶
　不安於花朵
　你永遠在追
　你永遠也追不上她」

他們知道的，我也知道
我知道的，不讓他們知道
他們知道的，也不要給我知道
我只要知道自己想知道的:)

最近，坐地鐵的時候，
閉上眼睛，經常會看到一些顏色，
一些突然就來了的東西，沒想過的圖像。

就好像夢，在自己還記得的時候，就把它表達出來

最近，坐地鐵的時候，
看著玻璃發呆，
偶爾會被自己不曉得怎麼冒出來的思考戳到。

最近，坐地鐵的時候，
最近，坐地鐵的時候，
最近，坐地鐵的時候，

是什麼時候？

哎～～～地鐵們一打開，差點要自彈回來！

長頸鹿的廣告燈箱被換掉了||| 替上的是冬衣的廣告。

看來，夏天的夢就應該到此為止了……

「Sure啦，你沒看到大家都在吃月餅了嗎？」
這個時候，很想吃1/4白蓮蓉蛋黃月餅加熱茶:)

班裡面的同學，黑皮膚，女生，jesify
打噴嚏可以打出金屬聲，真是太神奇了：0
不是簡單換個衣服就可以模仿得來的個人特色。

我會進步嗎？還可以嗎？
也許要去讓自己矗立在更加有實力的圈子裡|||
或者就這樣卯起來自求多福就ok啦|||

每天每天人類的細胞都會再生。
過了一個星期後，
即使外表看起來完全一樣，但已經變成完全不一樣的人了！
所以，只有現在的我是這樣的，想做的事就該好好把握當下去完成。

「這是什麼奇怪的遊～戲！」
「哪有人這樣玩躲避球的阿！」
「為什麼規定掛一條那麼難看的帶子啊！」
「我不要成為你們的目標，不要看到我！」
「阿！不要跑到我這邊來！走開！」

目前發現了我無法接受的運動——躲避球、橄欖球

「這種你推我擠，在夾縫中掙扎的運動～不要找我！」

目前發現了讓我有效生氣的方法→玩躲避球、橄欖球

「如果再有一個人碰我一下，一定賞你兩巴掌！」～～
說說而已|||.……真的出事了的話，就地裝死吧|||
或者表演：「阿！（短音）我得了一碰到橄欖球就會哮喘的病！」|||

```
d 從 人"
0 哪 生
d 邊 ,
0 撥 就
1 起 像
0 都 香
0 一 蕉
k 樣 ,
上 " 。
```

難道，難道，我撥香蕉皮的方式一直都錯了？|||

仔細想想，好像真的有問題。
記憶中所有撥開香蕉的圖片都是像別人說的那樣|||

可是，我19年來一直，一直，都是這樣撥的。
有把的那邊，理所當然是方便用手抓住撥開用力的阿|||
A～～～～～（升調），難道不是嗎？
難道有把的那邊是方便用來抓這吃的嗎？|||

如果，從沒有把的那邊撥香蕉皮，不是很難嗎？
找不到用力的點啊，他們說用指甲掐開……很～有罪惡感|||

總之可以吃到裡面的果實就可以啦，你管我～～～|||

花

夾雜在人海中　卻找尋不到我

花

在眾多的叫喊聲中

我的聲音是如此的微弱

花

捨棄手中緊握的地圖

跟著感覺無拘束的走來

花

向著迴響在耳邊心聲的方向

花

合上雙眼　不要害怕

花

合上雙眼　不要悲傷

花

在人生的路上　希望有我

花

不要向誰去尋問你的路

花

不要再彷徨迷惘

花

茫茫人海中　有我在等待

鮟鱇（あんこう）鮟鱇魚

鯒（こち）牛尾魚

鰈（かねい）鰈魚

鮫（きめ）鯊魚

鯖（きぼ）青花魚

鮎（あゆ）香魚

鯔（ぼら）烏魚

鰤（ぶり）鰤魚

鮒（ふな）鯽魚

鰯（いねし）沙丁魚

鰌（どじょう）泥鰍

鱶（ふか）大鯊魚

鰆（さねら）土魠魚

鱧（はも）灰海鰻

鰍（かじか）杜父魚

去年在努力的事情。

發現字典裡面很多魚名的單字

奇特～～～

想説把它整理出來，然後根據它的解釋

畫成一本魚的圖鑑|||

可是那些解釋實在有夠敷衍，籠統的可以|||

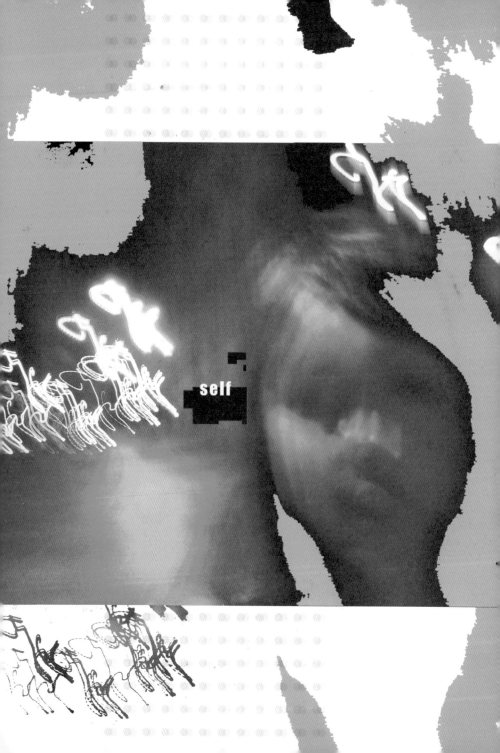

Someone to hold me tight 有某個人可以擁抱住我
would be very nice 可以的話那就太好了 Some
love me right 有某個人可以好好的愛我 That wo
very nice 可以的話那就太好了 Someone to unde
有某個人可以明白 Each little dream in me 我心
個小小的夢想 Someone to take my hand 有某
以握住我的手 To be a team with me 願意和我組
同一支隊伍 So nice, life would be so nice 太好
以的話那生活就真的是太好了 If one day I'd fin
有一天讓我找到了 Someone who would take m
有某個人可以握住我的手 And samba throug
with me 在人生中一路輕舞森巴舞 Someone to
to me 有某個人可以粘著我 Stay with me ri
wrong 不管是對是錯都在一起 Someone to sing
有某個人可以為我歌唱 Some little samba song
可愛的森巴歌曲 Someone to take my heart 有
可以得到我的心 And give his heart to me 同時
出他的心 Someone who's ready to 有某個人已
好 Give love a start with me 和我一起讓愛開
yes, that would be so nice 是的,可以的話那就
太好了 Should be you and me, I could see it co
nice 就是我和你,我能預見一切都太好了:)

Someone to hold me tight 有某個人可
would be

以的話那生活

有一天讓找

某個人

with me

me 有

Someone to hold me tight 有某個人可以擁抱住我

Someone who's ready to 有某個人
Give love a start with me 和我一起讓愛

太好了 Should be you and me, I could see it co
nice 就是我和你,我能預見一切都太好了:)

Someone to hold me tight 有某個人可以擁抱住我
would be very nice 可以的話那就太好了 Some
love me right 有某個人可以好好的愛我 That wo
very nice 可以的話那就太好了 Someone to und
有某個人可以明白 Each little dream in me 我心
個小小的夢想 Someone to take my hand 有某
以握住我的手 To be a team with me 願意和我
同一支隊伍 So nice, life would be so nice 太好
以的話那生活就真的是太好了 If one day I'd fin
有一天讓我找到了 Someone who would take m
有某個人可以握住我的手 And samba throu

146

你好嗎？

dodolook ici |||

(ici 是法文 這裡 的意思。)

03/10
dOdOLOOK
dOdOLO

Panda walk

Panda Walk

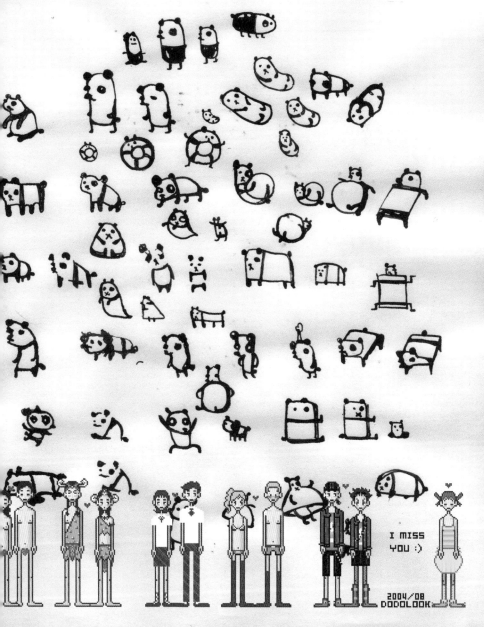

I MISS
YOU :)

2004/08
DODOLOOK

我的驕傲無可救藥
我的懶惰也改不掉
我的脾氣控制不了
我都知道
我自己都知道

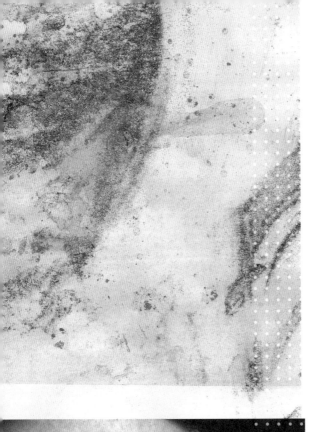

假　裝

可以假裝看不見
可以假裝聽不到
就算不小心看到了
也可以假裝沒看清
就算不小心聽到了
也可以假裝沒聽懂

可以假裝看見了
可以假裝聽到了
就算根本都沒看過
也可以假裝很了解
就算什麼都沒聽見
也可以假裝很明白

到底看見了嗎？
到底聽到了嗎？

看到的是什麼？
聽到的是什麼？

如果有一天，我的朋友

如果有一天，我很想念，很想念你的時候，我的朋友，
我想我會跳上這邊的公車，在夜色中把這座城市遊覽。
因為，你知道嗎？因為，我發現了，
我發現，原來不管到了哪裡，哪裡的夜景都是如此相似的。
我甚至開始期待，到下一站，就會看到剛好也要出門的你上車來。
我甚至隱約覺得，這一班車，就是跑在你我都熟悉的那條公路上。
……
如果有一天，我很想念，很想念你的時候，我的朋友。

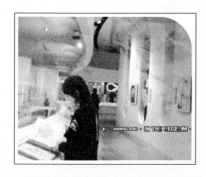

哎……又被攻擊了，dodolook這個名字
看來比劃不太好啊？

dodolook＝旦
八劃：努力發達，貫徹志願，不忘進退，可望成功（吉）|||

還不錯啊，屬相問題？

1984年出生：
今年有工作運，不論是求學中或已正式踏入社會，均發展理想。
感情方面，桃花頗重，單身者大有機會認識理想對象。
已有伴侶的，則可維持一段甜蜜的關係。

也可以阿？！

塔儸牌來！──戰車　逆放。
阿！果然，現在會有不順利和挫折呢。

說到塔儸牌，最喜歡的一張就是：TEMPERANCE（節制）

Nicole有了真的喜歡的人，
可是又不敢告白，
害怕對方拒絕，
也害怕沒有以後。
她這樣跟我説。

怎麼説呢，這感覺就好像是，
站在電影院門口，都還沒有買票，
但是卻不停的在猜測電影的內容。
……
想那麼多，直接買票進去看就好啦。
想那麼多，直接告訴他妳的心意就好啦。

夏天，是蚊子的狂歡季。

會被蚊子叮，會起包，不高興|||

但是，也是可以有快樂的事情:)
那就是 —— → ……
唉！目前還沒有幫這項活動想出一個響亮的名字|||

就是阿，等到被蚊子叮起包之後，就可以開始了的活動:)

用指甲在蚊子包的上面給它垂直壓下去。

因為包裡面應該是有類似小囊腫的物質，
所以包是鼓鼓的，所以皮膚會失去以往的彈性，所以指甲印就會保留得比較久:)
很好玩:)
我一般都是壓一個「十」字型。或者「×」字型。
如果包的面積夠大，還可以打格仔:)

你想寫個繁體的「龍」字也可以阿……不過，那要多大的一個包阿？
又要勞煩多毒的蚊子去叮出來咧？

ANYWAY，「被蚊子叮了，就塗口水」是今天的知識|||

……

考試作弊沒有被老師發現，很高興:)

通過認真復習得到好成績，很高興:)

……

到底，什麼事情應該高興？什麼事情不應該高興？

如果那位被我忘記名字的致力於把世間各物都分門歸類的哲學家天上有知，

就麻煩他顯靈，上個身什麼的，

把「應該高興的事情」和「不該高興的事情」分類一下吧 ||| 拜託你啦～～～謝謝:)

説到朋友之間的騙人:)

我最擅長的就是「使用方法」騙人法|||

其中最好用的是「聲控」篇。

就是當朋友發現一個新東西不曉得怎麼用的時候，或者找不到開關在哪裡的時候，

就會問我，我就順其自然的説是：「聲控的。」|||

結果，還蠻多人就真的相信了，開始實踐|||

還有以前體育課下課洗手以後，就會鼓著嘴巴用鼻音（不能説話）問朋友「我的嘴巴裡有沒有水？」有沒有呢？沒有吧？哈哈哈

⋯⋯⋯

猜錯了！這次是有的！

懲罰！把水吐到他們的鞋子上！納命來～～～～～！

「啊！～～～」

然後就看著朋友們紛紛大叫著跳開來的樣子:)

嗯～～～～身邊有這些那麼可愛的朋友，是一種幸福:)

人海中的dodolook

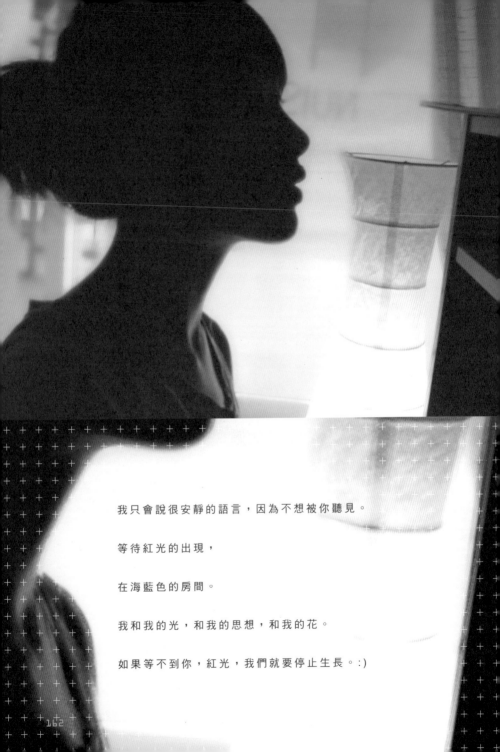

我只會說很安靜的語言，因為不想被你聽見。

等待紅光的出現，

在海藍色的房間。

我和我的光，和我的思想，和我的花。

如果等不到你，紅光，我們就要停止生長。:)

想花

眼中出現光
等不及就
讓自己綻放
氣氛
圍繞
被別人感受
被自己感動

This is me.
Me is dodolook.

11 4:05 AM

小時候很喜歡用拇指指甲磨嘴唇|||

有時候還會用媽媽的指甲來磨磨磨

現在的媽媽們會不會發現自己的小孩也會這樣呢？

嗯，應該不會有媽媽買這本書吧？（爆）

哈哈哈，那麼各位閱讀這本書的女生以後當了媽媽，

有一天發現自己baby也在用拇指指甲磨嘴唇的話，

請不要阻止，因為，真的很舒服。哈哈！

p.s.

請注意畫面最左邊的那只腳，nike！

那時候自己根本還不曉得什麼是nike吧。

順便說一下，dodolook是在中學一年級的時候才知道nike是什麼|||

遙遠的1996年。

這是國小在鼓樂隊的時候的dodolook

不謙虛的說，這張照片還上了當時一本兒童刊物的封面呢！

捏哈哈～～～

但是記得當時的自己也沒有特別高興之類的

難道從小就是一顆平常心？哈哈哈

現在看來只想說：「那眉毛還真粗！」

猜猜看，dodolook那個時候是擔任什麼樂器的演奏？

很喜歡照片中的自己～～～的狀態！哈哈！

應該是吃得正開心的時候被叫回頭照相吧？

因為覺得自己的眼神只傳達了一個訊息：

「蛤？」

從桌面的菜色來看應該是飯局剛開始吧？

第一道菜永遠都是「春喜」的年代；

大茶杯旁邊永遠都是白酒杯的年代；

小女生永遠都都梳兩邊辮子的年代。

「喂，喂，背對鏡頭的小姐，你的頭髮也太好了吧！」

相信嗎？dodolook現在還記得照片中小朋友們的名字。

5年級參加小桂花藝術團代表桂林市去到日本熊本市做有好訪問演出。

dodolookk就是那位蹲在地上一排，左數起第4個

姿勢不雅，腳開開的女生，是也！

「喂！你在看哪裡啊～～～？」

其實dodolook當時裡面穿的是演出服裝的褲子，

因為每次表演完總是忘了把褲子換下之前就套上裙子了。

呼～～～還好還好。

我們的小桂花藝術團也到過臺灣臺北演出過哦:)

但是dodolook沒有去。

現在在看這本書的臺灣的讀者不知道那個時候有沒有看過呢？

P.S

最中間那位笑容可掬的綠衣服小姐，眼熟嗎？

她就是劉三姐的扮演者哦:)

什麼？不知道〈劉三姐〉？ 遠目～～～

幼稚園的時候參加演出前的準備中。

現在還記得那是一個很特別的舞蹈，叫做〈步步高〉。

沒錯！就是那首過大年經常會聽到的〈步步高〉。

自己是扮演一個矮個子的女生，因為和別人比身高，

不服氣，然後自己用兩個鐵碗做成了厚底鞋，向大家炫耀，

然後大家一起都換上了這樣的厚底鞋的舞蹈。

很迷惑嗎？哈哈，但是那個舞蹈真的就是這樣。

看到這張照片，dodolook只有一個感覺

「痛！」

為了這個牛角辮子，

當時同團的小朋友們每一個的髮際都被往後扯了2cm吧？

說不定自己的高額頭就是在那個時候造成的。（爆）

「老師！把我的額頭還給我！」

人生中的第一場雪。

在桂林這個處在亞熱帶地區的城市，

能夠下到這樣份量的雪，真是不得了。

只記得那個時候的自己在生氣。

為什麼生氣？忘了。

一臉稍顯勉強的笑容，

絕對不是因為太陽刺眼的關係。

5年級在熊本演出的時候

舞蹈的主題是：各民族小朋友的熱血童年 之 長板鞋大戰

哈哈哈！

其實那時候的自己很討厭自己身上的這套衣服。

裙子不是裙子，褲子不是褲子，又黑又紅的。

現在看起來，還是很不順眼阿|||

不過這樣放眼看去，好像自己身上的亮片是最多的。

好吧，不好意思啦，各位，在亮片這一點上贏了大家。

哈哈哈

相信嗎？dodolook現在還記得照片中小朋友們的名字。

p.s.

dodolook身後的白衣少年，在回國以後的演出中，

老師為了把舞蹈主題從「民族」升級到「國際」，

就安排他全身塗黑，戴爆炸頭套，扮演非洲小朋友。

哈哈哈哈哈！現在想到都好好笑！

可是dodolook的衣服，始終沒有換過……

粉紅粉紅

媽媽説最喜歡這一張照片裡面的dodolook。

身後的是dodolook的外婆，額頭也很高的老人:)

「Yo！小姐，要不要和我去約會阿？」

哈哈哈，

我是

路還沒走穩蘋果臉大分頭準備抖腳的小美男子。

如果現在的自己被當時的自己的那雙小小手抓住的話

會是怎樣的感覺呢？

一位少女在她高額頭的人生中第一次坐飛機！

目的地 → 廣州

狀態 → 暈機中

在熊本訪問演出的飯店房間內

請把注意力放在睡衣dodolook左手拿的物體上。

沒錯！

八　寶　粥　！

記得小時候有段時間，很喜歡吃　八　寶　粥　！

特別是冰過一下下的，有點涼涼的　八　寶　粥　！

但是現在再吃的話，第一感覺：太甜了！

從小就不怎麼喜歡吃糖的自己，

到現在都沒有蛀牙，是還蠻得意的一個優點，哈哈。

在舞蹈班教室的pose

很明顯，這件衣服已經小了，

很明顯，dodolook在死撐，

那件演出服還記得剛做好的時候是很合身的，

可是洗了一次之後，就變成了這個樣子。

以前怎麼面對鏡頭做得出這種動作呢？

迷思……

看小時候的照片，什麼動作都做得出來；

看長大後的照片，就只有Yeah! Yeah! Yeah!

如果翻翻小時候的照片
一定也有這樣一張照片吧？
人物的表情很好，姿勢也好，什麼都好，
可是聚焦卻對在了背景上面|||
結果就是背景很清楚，人物卻是一團模糊。
去過一些朋友家，看到她們的小時候的相冊裡
都有這樣一張遺憾美的照片。
而且有時候還會發現同樣一個地方，
幾乎大家都有在那裡照過相，
有時候就連姿勢也是一模一樣；
或者是有過同一件衣服，同一個娃娃。
有時候在別人的照片裡，

會找回自己童年被遺忘的那部分:)

91年？5月？11根蠟燭？

這説明……

一定不是dodolook的生日蛋糕。（爆）

哈哈！

因為不是自己的生日所以整個照片裡面的呈現的狀態只能説是

→ 不正經

「小姐，你也幫幫忙，投入一點好不好！」

表妹真可愛！

門沒有關好。

可以變圓變方的桌子。

剛生完病的樣子。

是的，我就是看照片喜歡看細節的dodolook。

第一次拍廣告

對，就是那支什麼什麼銀飾的廣告。
是第一次面對專業的攝像機的場合。
到了現場，忙碌的大家，上裝，化妝，
雖然很不安，但是，沒有時間去多想了。
「豁出去了！」
就只有這一個想法，當時。
導演是很溫和的光頭先生:)
化妝師是很細心的日系美女:)
還能要求什麼呢？
我很想靜下來，慢慢回憶自己這22年以來的所作所為，
但是，
來不及了～來不及了～來不及了～（聲音減弱，回音漸強）
光也打好了，鏡頭也架好了，魚也放好了（而且還是4條）
在副導的倒數聲中，
一切都結束。
一切又都開始了。
「豁出去了！」
……

在準備開拍前
被○導演說：
"我好像看到了一根鼻毛，
化妝師趕快處理一下。"
………………
這可是導演對我說的
第一句話啊 !!!
第一個導演，
演藝生涯の第一個打擊

光陰似箭
接下來，就是大家在電視上看到的
那個穿娃娃裝笑容壞掉的回頭少女是也！

自己不滿意的第一次拍攝實踐
但是學到很多。
謝謝:)

dodolook "回頭" 內心變幻過程：

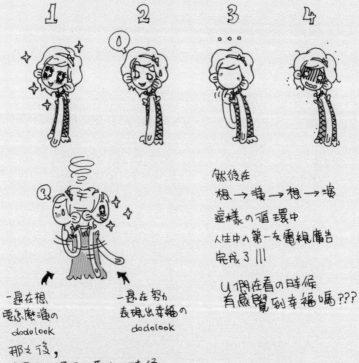

然後在
想→演→想→演
這樣の循環中
人生中の第一支電視廣告
完成了！！！

你們在看の時候
有感覺到幸福嗎？？？

一邊在想
要怎麼演の
dodolook

一邊在努力
表現出幸福の
dodolook

那之後，
在電視上看到播出の時候，
幾乎是閉氣看完那當時自己努力要表現出幸福感覺の15秒。

第一次全天錄音

其實不是第一次進錄音室，
以前在中學合唱團的時候就去錄音過。
那時候，還記得發生了一件好笑的事情，
不曉得哪位女同學可能那天肚子不舒服，
結果在錄音的時候放了一個音量足夠大到被麥克風收錄的屁，
全體笑倒orz orz orz orz……後來笑夠了之後，
後面的一位學弟（美型）很體貼地為那個女生開解到說：
「不就是放了個屁嗎，有什麼好笑的。」
嗯！加分了給這個學弟。:)
可是你也是笑夠了以後才說得出來的吧？哈哈！

阿～～～扯遠了，給我回來|||
嗯，第一次一整天呆在錄音室，
一直不停不停地唱，
不確定地去唱，
放感情地去唱，
忘了歌詞地去唱，
學習別人換氣方法地去唱，
然後開始有享受的感覺出現了，一點點，
也開始有自信的感覺出現了，一點點。

雖然會發出一些莫名的音，
可是，
這就是我自己的聲音啊。
這就是從我的身體裡發出的聲音啊:)

以前會很在意有沒有人說話的聲音和自己相同，
所以中學有段時間會不停地問不同的人：
「你有沒有聽過和我聲音很像的人啊？」
回答已經都不記得了，答案應該是沒有吧？
如果有的話，依照自己的個性，
一定會做些什麼讓自己不能忘記的事情的。
哈哈哈，所以現在都不記得了就說明沒有什麼特別的。
寧願這樣的去相信:)

不過話說回來，
自己的聲音，是怎樣呢？
如果對於一個從來沒有聽過自己聲音的人去形容自己的聲音的時候
要用什麼詞？怎樣去解釋呢？
……就不去苦惱了。
應該不會有這一天吧？
所以，以後在網路上也請不要問這樣的問題咯。:)
謝謝。

第一次參加活動

嗯。

與其說第一次參加活動的經歷，

不如說是第一次一個人在後臺候場的經歷|||

因為從小參加舞蹈班，中學也一直參加合唱團的關係，

所以對於舞臺並不陌生，也沒有特別害怕的情緒。

但是，在第一次參加的網友見面會之後，

十分深刻的感受到

「一個人候場實在是太可怕了！！！」

因為以前無論怎樣也都是團體演出，

一群人在布幕的後面推來推去，偷偷打量其他選手，

聽老師嘮叨，拼命的喝水，抓緊最後關頭去洗手間……

總之，一定總是在忙些什麼，然後，不知不覺在掌聲中就上場了。

可是，那個，

（請允許dodolook使用「那個」而不是「這一次」，不堪回首，盼遠離）

那個，第一次參加的網友見面會，

如果沒有記錯的話，是第二次自己一個人參加活動。

（第一次是一個什麼什麼什麼的英文演講比賽，第2名，捏哈哈～～～）

舞臺很小，後臺也很小，因為是在一個pub的場地舉行的活動。

躲在右邊的布幕背後偷偷望出去，只看到光和主持人們的背影。

手很冷，大腦更冷，從自己身體散發出來到周圍的氣氛最冷|||

有努力地要做些什麼事情讓自己high一點，

回想節目裡面ryo的搞笑演出，

回想準備要唱歌的歌詞，

回想以前做影片的靈感，

……

可是，

不行～不行～不行～不行！

頭腦中都是

「好，我現在要讓自己想一下ryo好笑的樣子～」
……（空白）
「好，那麼來復習一下歌詞部分吧～」
……（空白）
「那麼，之前那支影片在剪輯的時候～」
……（空白）

這一幕，
也許只有在對面布幕後面的音控師看到吧：
黑暗的布幕後，暗淡的燈光中，
一個頂著一臉大濃妝的少女在一團幽藍的冷空氣中，徹底放空……

啊（短音）
說到大濃妝，哈哈哈，這個在那天不好說，
但是，現在可以說了吧？
自己是真的不適合大濃妝的臉。
是那種「化了大濃妝會更醜」的類型。
所以，在未來的日子中（開始暢想）
希望可以以最自然的妝容出現:)

阿（短音）
還記得在準備的時候，
一位穿白衣服、戴眼鏡、長捲髮、馬尾辮、沒瀏海的小姐對我說的一句話：
「沒關係，就把它當作是妳自己的舞臺。」
雖然，最後還是沒能完全的享受在「自己的舞臺」的快感，
但是，
謝謝你:)
那天穿白衣服、戴眼鏡、長捲髮、馬尾辮、沒瀏海的小姐。

以上
就是第一次參加活動又名第一次一個人在後臺候場的經歷說。
謝謝。

關於Vlog

在製作影片之前，dodolook一直在做的是用photoshop製作自己的照片，和gif檔案的小動畫。自己學習自己研究了三年的時間，鍛鍊出了自己覺得不會輸給別人的技術。2005年末的時候，開始喜歡日本傑尼斯事務所旗下的男子偶像團體「関じゃ二∞」中的錦戶亮。在一次上網搜索他的資料的時候，來到了I'm TV網站，正好看到了當時在舉辦的5000美金為賞金的影片製作活動。因為個人覺得I'm TV網站當時的排版和介面操作很簡潔舒服，連接速度也很快，於是自己申請了一個ID，嘗試性地做了第一支影片去參賽，想說如果不小心中獎的話，可以用獎金買台新電腦。

在vlog的經營上，確實發生過一些蠻特別的事情，但不是趣事。‖最開始的時候，dodolook一直以來做圖片也好，做影片也好，家人都是完全不知道的。直到有一天放學回家，爸爸告訴我說他看過了vlog，很shock，可能是自己去學校的時候忘了關電腦，所以被爸爸發現了。那個時候，人氣已經很高了，在瀏覽量排名裡面是第一名。爸爸很高興，dodolook自己很尷尬。因為一直以來我都是自己一個人在做這些，也沒有想要要讓家人知道，也沒有準備讓他們知道。之後，父母都是支持態度。接下來因為更多媒體的宣傳，開始有更多的人來vlog看影片和留言，很突然，自己很不習慣。其實只是想把自己的作品放出來，沒有想過會有什麼熱烈的反應。不過很快就習慣了，因為早先在作photoshop圖的時候也會定期發表，每次也都被推薦到第一名，也會有很多的留言。所以，vlog這邊的情形dodolook很快也就適應了。但是還是意外，畢竟phootoshop作圖的方面，dodolook是有三年的經驗和絕對的信心，但是製作影片方面，dodolook卻只是一個還不到兩個月的新手，所以當看到那麼多留言的時候，怎麼說，會沒有像作photoshop圖得到肯定那樣理所當然的心情去接受來自vlog的肯定。

在vlog建立初期發生過一些蠻大的事情（也不是有趣的Ⅲ）：

1. 因為媒體宣傳的關係，開始有內地的網友也會來到dodolook的vlog留言。也許這樣一個同時有臺灣網友和內地網友交流的地方不是很多吧，兩岸的網友就一些問題發生了很激烈的爭吵和惡意的刷屏留言。因為當時I'm TV的留言管理模式不需要註冊，只需要填寫名字和內容就可以發表留言，所以那段時間每天都是一大篇一大篇的關於一些政治敏感話題的留言，dodolook每天都盡可能的去刪除。很無趣吧？哈哈哈

2. 越來越多的內地的網友註冊I'm TV並且開始試用以後。dodolook的vlog有一段時間長期被一個內地的網友惡意破壞，比如更換dodolook的影片，或者刪除影片，在留言板貼惡心的照片，利用程式修改在留言板張貼自己vlog的廣告。I'm TV的管理員多次阻止對方的行為，對方卻越來越惡劣。

3. 就像用photoshop作圖一樣，很多人在看了dodolook的作品以後開始，也開始對影片製作感興趣，並且開始去做，這一點dodolook覺得很高興。因為一直以來dodolook都很堅持，要靠自己，自己的事情自己做。以前用photoshop作圖也是，現在做影片也是，dodolook都是獨立完成，遇到不懂就上網找資料，自己解決關於製作影片的工具和過程，一直到現在為止dodolook製作影片所使用的軟體就是windows的moive maker。拍攝使用的工具，在室內的話基本都是使用webcam，室外的話就是數位相機了。

dodolook從來都覺得，不管作圖也好，作影片也好，使用什麼工具是其次，最重要的是要用心，要有想法，不斷嘗試。dodolook使用的都是很常用的軟體，掌握的技術也是最基本的技術。我會考慮「怎樣用手上現有的材料去作出自己想要的東西」，而不是「要怎樣得到最好的材料」。就像料理，一樣的食材，因為不同的廚師，不同的方法，最後的味道也各不相同。我一直都在嘗試不同的手法，從最初的簡單剪輯，到現在的會開始給影片作邊框，不斷地挖掘moive maker的各種使用方法。也有人推薦說用其他更高級的軟體去製作，但是dodolook覺得更高級的軟體無非就是給你更多的特技效果和更方便的設置。目前dodolook想要表達的效果，通過想各種辦法，通過moive maker，都還可以表現出來。如果有一天用moive maker也做不出自己想要的效果的話，dodolook可能就會考慮使用其他的軟體了。

關於角色的設定

角色的設定，也是在有必要的情況下產生的。比如，梅老師，那時候是想要表演一些小的橋段比如小魔術、小動作之類的，但是又不想簡單的說：「你好嗎，我是dodolook，今天要給大家表演小魔術！」或者「今天我要教大家怎麼使用圍巾！」覺得這樣有點呆。突然想到了小S的徐老師，於是就有了頭戴一枝梅的梅老師。梅老師也是取自「沒老師」的諧音。哈哈。Que博士呢，是因為想要討論一些問題但是又不想太嚴肅，所以就選擇了黑框眼鏡加上暴牙的造型。還有一個健康拳裡面的d教頭，其實是自己最喜歡的一個角色，白頭巾運動服，很精神的感覺，她的出現就是肢體動作的示範表演。頭戴綠色帽子的就是講講小姐，為了說笑話而存在的角色。只是一些裝扮上的小改變，會有很不同的感覺。角色扮演的熱愛？哈哈哈，說不定呢！

為什麼會喜歡製作影片

因為之前在作圖片的時候，就做了很多gif檔案的小動畫，所以對於活動的圖片多少有了一定的瞭解。製作影片在某些方面和做gif動畫還是有相似的地方的。但是，一支影片的表現就不像是圖片只有平面的畫面而已了，還包括了音樂，包括了情節，要考慮的東西變多了，但是同時表達的手法也變多了。dodolook會收集一些自己喜歡的J-POP或者一些網路無名的音樂。有時候聽到一些很有感覺的音樂，dodolook頭腦裡就會浮現出一些畫面或者一些想法，接下來，就是把自己想到的用moive maker實際做出來看是不是和自己想的一樣。很多時候，自己會想到一個新的表現方法，但是實際操作之後再發現這個想法不可行。所以大家看到dodolook現在現有的影片有很多，但是那些因為方法不可行，或者自己不滿意而丟到回收站的影片也很多。:)

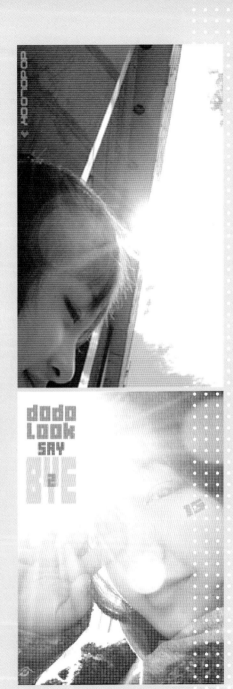

dodo look
say
BYE
2

HELLO ♥ 看到這裡的各位：

辛苦啦！見信好 ♥

看完這最後的一頁之后記得要讓眼睛休息一下啊 :)

好！既然要休息了，那除在走之前來個眼力最後的
考驗吧！（爆）接下來 dodolook 的字會越來越小，越見
越小⋯⋯越來越小越小小小⋯⋯⋯⋯⋯⋯⋯哈³ 不好玩，自己也看不清了！！！

OK！正式開始啊！↗

你好嗎？我是抱著一顆緊張的心等著
等到你看到這一頁的眼神朋完美的 ~~dodolook~~。

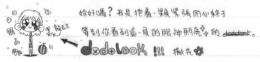 dodolook !!! 撒花 ❀

喜歡嗎？（這本書啦！！！）   任性世說人篇

能夠看到這最後的一頁至少說明還不討厭吧？！

如果下一次聽到別人提到 dodolook 這個名字的時候，
除了想到影片之外，還會想到：" 啊！我看過她的書。"
那樣的話，dodolook 就真的很開 ♥ 啦 XD（扭）

謝謝謝謝你們，真的。

不管是從最最開始的 PS 圖片，還是到后來的制作影片；
一直到現在的書的出版。那些曾經看過 dodolook 作品，
喜歡 dodolook 作品，支持 dodolook 作品的各位，謝謝謝謝！！

如果是四季的話，你們就是 春 天 ♥
是溫暖的存在 :)

好了！好了！眼睛真的好要好休息啦。

盼回信，捏哈² ➔ \\\\\ www.mydodolook.com 王道

以上

dodolook

2007yo. 12. 31

「就像赫拉克里特斯一樣，斯多葛派人士相信

每一個人都是宇宙常識裡面的一小部分，

每一個人都像是一個『小宇宙』（microcosmos）

乃是『大宇宙』（macrocosmos）的縮影。」

p.s.：這個時候，星矢跳出來：「燃燒吧，我的小宇宙」|||

最後，要說「謝謝你」，你心裡明白的。

THIS IS MY SOUL ... ...

dodolook

catch 127

I'm dodolook

作者：dodolook
責任編輯：李惠貞
美術編輯：徐蕙蕙
法律顧問：全理律師事務所董安丹律師
出版者：大塊文化出版股份有限公司
台北市105南京東路四段25號11樓

藝人經紀：路可數位媒體有限公司
地址：台北市敦化南路一段187巷37號5樓之5
電話：0939-932632

讀者服務專線：0800-006689
TEL：(02) 87123898
FAX：(02) 87123897

郵撥帳號：18955675
戶名：大塊文化出版股份有限公司
e-mail: locus@locuspublishing.com
www.locuspublishing.com

總經銷：大和書報圖書股份有限公司
地址：台北縣新莊市五工五路2號
TEL：(02) 8990-2588　(代表號)
FAX：(02) 2290-1658

製版：源耕印刷事業有限公司
初版一刷：2007年2月
定價：新台幣280元
ISBN 978-986-7059-63-5
Printed in Taiwan

────── 國家圖書館出版品預行編目資料 ──────

I'm dodolook / dodolook著.
── 初版 ── 臺北市：大塊文化，
2007〔民96〕面：　　公分　──
（catch；127）
ISBN 978-986-7059-63-5
（平裝＋光碟片）

855　　　　　　　　　95025898

LOCUS

LOCUS

LOCUS

LOCUS